다시 오지 않는 삶의 구간들

정찬열 제2시집

혜존(惠存)

_____ 님께

정찬열 드림

시음사
시사랑음악사랑

누구보다 핫한 삶을 살아가며
식지 않는 열정으로 펜을 든 정찬열 시인

세월의 흐름은 아랑곳하지 않고 그냥 흐르는 시간일 뿐, 늘 열정적인 삶을 살아가는 정찬열 시인의 제 2시집 '다시 오지 않는 삶의 구간들'을 소개할 수 있어 매우 기쁘다. 제호처럼 지나간 삶은 다시 돌아오지 않기에 주어진 현재의 삶에 늘 최선을 다해 살아가고자 하는 시인의 삶을 시집에서 엿볼 수가 있다. 그리고 정찬열 시인의 삶 또한 반듯함과 성실함으로 똘똘 뭉쳐있다. 짧은 시간이라도 허투루 쓰지 않기 위한 꼼꼼함이 자신의 한 순간 한 순간 시간에 대한 소중함을 알기에 감당할 몫이라고 말하는 시인의 모습이 떠오른다.

정찬열 시인의 제1 시집 '날개 꺾인 삶의 노래'를 보면 시인에 대해 조금 더 잘 알 수 있을 것이다. 생과 사의 큰 갈림길에서 다시 생명을 얻은 삶이기에 살아있는 지금이 얼마나 귀하고 소중한 것인지 잘 알기에 그러할 것이다. 그리고 당연하게 생각하고 누리던 삶이 당연하지 않다는 것을 깨달은 후, 스스로 무엇인가를 하고 성취할 수 있다는 기쁨의 소중함을 알기에 지금의 삶이 더욱 감사하다는 것을 체험하며 살아가는 시인이다.

정찬열 시인의 '다시 오지 않는 삶의 구간들' 시집을 보면 제1부는 가을날의 서정, 제2부는 인생 성찰, 제3부는 격변기의 풍운아, 제4부는 덧없는 세월로 크게 4부로 구성돼있다. 좀 더 들어가서 읽다 보면 깨우침이 있는 교훈적인 글과 자신을 성찰하면서 삶을 돌아보는 글이 많이 소개돼 있다. 그러면서 생과 사의 갈림길에서 겪었던 고뇌의 시심도 담아져 있다. 이 시집이 나오기까지 정찬열 시인 혼자서는 할 수 없었을 것이다. 물론 시인의 의지가 가장 중요하겠지만, 옆에서 누군가의 따뜻한 위로와 힘을 실어주는 격려, 그리고 헌신적인 사랑이 있었기에 가능하다고 생각한다. 그 모든 것을 담아 힘든 시기에 누군가에게 위로가 되고 삶의 한 가닥 희망이 되길 바라면서 제 2시집 '다시 오지 않는 삶의 구간들'을 출간하는 정찬열 시인의 시집을 소개할 수 있어 기쁜 마음이다. 정찬열 시인의 시집이 많은 독자의 사랑을 받아 다음 제 3시집도 만날 수 있기를 기원한다.

(사)창작문학예술인협의회 이사장 김락호

시인의 말

짧다면 짧고 길다면 긴 세월 살아가는 동안
선하게 하루하루를 살면 "핫바지"가 되는 게 아니라
'핫한 사람이 될 수 있다는 기적' 억울해도 착하게
살면 삶이 풍요로워진다는 확신과 믿음 속에 성실하게
살아온 날이 있었기에 배신 받지 않는다는 것이다.
하지만 아무리 착하고 성실하게 살아도 뜻하지 않은
곤경에 처하기도 하고 생활의 패턴이 자연스럽게
바뀌는 것은 어쩌면 타고난 운명이라고 말하고 싶다.
여기 핫한 삶 속에서도 부딪치며 살아온 날들을
부족한 감성이나마 시로 승화시켜 한 권의 시집을 구성해본다.

시인 정찬열

제1부 가을날의 서정 ....♣

제2부 인생 성찰 ⋯⋯⋯⋯⋯⋯⋯⋯ ♣

제4부 덧없는 세월 ·····················🍀

본문
시낭송
감상하기

QR 코드　스마트폰으로 QR 코드를 스캔하면
시낭송을 감상할 수 있습니다.

제목 : 가을로 가는 채찍
시낭송 : 박태임

제목 : 가시버시의 그늘
시낭송 : 박영애

제목 : 가난의 푸념
시낭송 : 장화순

제목 : 외손녀의 돌날에
시낭송 : 박영애

제목 : 심연의 일상
시낭송 : 최명자

제목 : 시월의 끝자락
시낭송 : 최명자

제목 : 덧없는 세월
시낭송 : 박태임

제목 : 도심 공가(空家)
시낭송 : 박태임

제목 : 애중의 동반자
시낭송 : 박영애

제목 : 사모곡(思母曲)
시낭송 : 최명자

제목 : 만추의 배웅
시낭송 : 최명자

제목 : 매화꽃 필 무렵에
시낭송 : 박영애

제목 : 나의 묘비명
시낭송 : 박순애

제목 : 깨달음의 삶
시낭송 : 김지원

제목 : 살아간다는 것은
시낭송 : 박영애

제목 : 멍석에 넋두리
시낭송 : 박영애

제목 : 망월동의 소망
시낭송 : 박영애

제목 : 황혼의 길목에서
시낭송 : 김지원

시인은 자연을 이야기하고 시낭송가는 자연을 품었다.
글자는 날개를 달아 언어로 날고 소리는 자연에 눕는다.

제1부 가을날의 서정

실록이

오색으로 채색되어 가니

숨 막힐 듯 울든 매미의 노랫소리

기웃대는 귀뚜라미가 심금을 더해 가면

잠 못 드는 가을밤은 추억을 반추한다.

가을로 가는 채찍

푹푹 찌는 무더위는
진초록을 발길질하며
가을로 가는 길목을 채색한다.

이따금 쏟아지는
무더위를 식히는 소낙비는
초록으로 변한 잎에 채찍질하고

신록으로 변함은
이제는 참지 못하겠다는 듯
붉은 멍이 들어가는 여름의 여정 끝에
목쉰 노래 매미들의 합창도
가을로 떠나기 위한 협주곡 되고 있다.

자연은 초록을 내치고
이따금 궂은비와 소용돌이 바람으로
휘모리장단을 치며
계절은 그렇게
가을로 가기 위한 모진 고난의 행진을 이어간다.

열정으로 피워내며
가을로 가기 위한 채찍에
풍요로운 길목에 처절한 몸부림이다.

제목 : 가을로 가는 채찍
시낭송 : 박태임

스마트폰으로 QR 코드를 스캔하면
시낭송을 감상할 수 있습니다.

사모곡

사랑의 정표를
툭툭거림으로 대신한
나를 두고
얼마나 섭섭하셨을까?

내 머릿속에
깊이 각인(刻印)되었네
놓치고 싶지 않은 그런 날에도
꿈속에라도
부르고 싶은 사랑의 화신

이 세상에서
가장 고귀한 사랑을 주신 분
자식들을 기르고서야
이제야 부모
섬김의 잘못을 깨달았습니다.

내가
죽을 때까지
투정 부림을 후회하며
가신 후에 깨달으며 사죄하고
옥정리 무덤에 꿇어앉아
용서의 눈시울만 적십니다.

제목 : 사모곡(思 母 曲)
시낭송 : 최명자
스마트폰으로 QR 코드를 스캔하면
시낭송을 감상할 수 있습니다.

다시 오지 않는
삶의 구간들

가시버시의 그늘

햇빛이 쏟아진다.
푸르게 맑은 하늘에도
날이면 날마다
맞닿은 하늘에도
실비 같은 구름이 가리고 있다

내색 없는
맑은 날에도
푸른 하늘 몰려온 구름 속에서
내리쬐는 햇볕에 그림자 막으려고
소리 없는
이슬비 내리는 날에도
그 사람은 이슬비를 맞고 있었다.

뚜렷이
표 나는 나의 상흔에
짓눌린 아픔을 약으로 달래며
셀 수 없는
온기를 느끼고 있다
언제나 그 고통 덜어 줄 수 있을까

날개 잃은
내 팔의 탄식은
따스한 봄날의 햇볕처럼
라일락
향기가 콧속을 스치듯
가시버시 그늘 속에 살아나간다.

제목 : 가시버시의 그늘
시낭송 : 박영애
스마트폰으로 QR 코드를 스캔하면
시낭송을 감상할 수 있습니다.

만추의 배웅

간밤에
산에서는 소식을 보냈다
가을이 절정이라고,
고속도를 타고 숨 고르며
달려가니 나를 반기는 도솔산

빼곡히 들어찬
선운사 거대한 주차장에는
배낭 멘 포위 대가 밀려 내린다.
모두가!
달아나는 계절을 잡으려고!

석산화 사랑 찾는
초록 잎 융단 위에
찬란한 가을 오색단풍 아래서
융단(絨緞)을 살며시 즈러 밟아, 카메라에 모아 담고

가을 보낸 아쉬움은
산 그림자, 길어진 시간
서쪽 하늘 붉은 단풍, 빛 받으니
하나둘씩. 썰물처럼 빠져나간다.

이 가을.
잡아 둘 수 없기에
사진으로 담아두는 늦가을
사랑과 아쉬움 한데 얽혀 배웅한다.

제목 : 만추의 배웅
시낭송 : 최명자
스마트폰으로 QR 코드를 스캔하면
시낭송을 감상할 수 있습니다.

13

다시 오지 않는
삶의 순간들

가난의 푸념

아파트 입구
한쪽에 터를 잡고
비닐을 둘러친 비치파라솔
계절을 담아 파는 할머니가 있다.

더덕더덕
세월이 주름을 앉고
남루한 스웨터를 껴입은 채
낡데기 배추며 파릇한 보린 잎
가난을 담아 파는 할머니가 있다.

먼발치서
한참을 보고 있으니
지나가는 사람에게 싸다며
외쳐보아도
할머니의 눈길을 피해 가는 사람들
다 팔아도 삼만 원도 안될 텐데
가난은 할머니를 주름살로 얼기설기

강아지를 안고
지나가는 아주머니
두툼한 패딩 점퍼를 입은 강아지
털도 곱게 빗어 목에는 방울 목걸이
개 팔자가 상팔자라며
긴 한숨을 하며 푸념하신 할머니

제목 : 가난의 푸념
시낭송 : 장화순
스마트폰으로 QR 코드를 스캔하면
시낭송을 감상할 수 있습니다.

14

가을바람

한로(寒露)가
비켜 간 초겨울 문턱에
저 멀리 갈맷빛 숲 동산에도
흔들어대는 갈바람에
나뭇잎은 한잎 두잎 자리를 떠난다.

들녘에 피어난 억새꽃이
바람의 흥정에 놀아나며
시린 바람에 청명한 하늘 속으로
계절의 속물근성을 품어 안은 채

푸른 하늘에
피어난 뭉게구름은
어디론가 덧없이 흘러가는데
그토록 울어대든 매미 소리도
쉰 목소리 하직하며 자취 감추고

우수수
새 떼 같은 낙엽 떨구며
갈바람에 깃 세우는 까치만이
이 나무 저 나무 집터를 찾는데
갈바람은 처연한 기세를 떨치고 있다.

15

가을날의 서정

손끝으로
건들기만 해도
푸른 하늘 빠져 내릴 듯한
마루에 떠도는 양떼구름
정처 없는 나그네는 추억을 매만진다.

바람에
쫓기는 곡조에 맞춰
산들바람에 춤을 추는 코스모스
고요했던 한낮의 적막감은
갈잎에 노래에 문득 깨어나며
금빛 햇살에 소슬바람 불어와

마당 한쪽
바지랑대 위
낮 꿈꾸는 고추잠자리 깨어나
푸른 무대에 군무(群舞)를 추며
그리움이 스산한 여백을 채우려 한다.

무뎌가는 상념은
갈 빛 무대 속에 낮 꿈을 꾸며
꿈속을 더듬어 헤매는 궁창(穹蒼)에
자신도 모르게 심연의 사색에 젖는다.

실록이
오색으로 채색되어 가니
숨 막힐 듯 울든 매미의 노랫소리
기웃대는 귀뚜라미가 심금을 더해 가면
잠 못 드는 가을밤은 추억을 반추한다.

* 궁창(穹蒼) : 높고 푸른 하늘

다시 오지 않는
삶의 구간들

낙엽이 지면

차가운 가을바람
한잎 두잎
나뭇잎이 떨어지면
거두 어간 들판에는
하얀 사료 단만
허허한 빈자리를 지키고 있다.

낙엽이 지고
겨울이 찾아들면
어둠을 몰고 오는 기러기 떼
허전한 들판을 순찰하며
떠돌이 기러기 외로움을 달래고 있다.

낙엽이
끝내 떨어지고 말면
쓸쓸함에 외로운 시인은
간헐적으로 건너뛰는 세월을
고뇌에 찬 속마음 헤아려
서정의 쓸쓸한 시풍에 심지를 켠다.

바닷가 모래사장

파도의 넋두리
물거품 부서지는 음률을 따라
밀리고 밀쳐지는 물살의 유영
파도는 모래톱 벗 삼아 터를 잡는다.

언덕배기
해송이 그림자 드리울 때
석양 노을 붉게 타며
어스름이 깊어 올 때면
둥그런 보름달 빛 몽환에 숨을 쉰다.

코발트색 끌어안고
넓은 바다를 품었으나
한여름 뜨거운 열기는
달빛마저 토악질하는 바닷가에는

억겁의 세월을
파도에 맡겨온 백사장
두 팔 벌려 귀 기울이면 파도소리를
한여름 밤 그림 같은 모래톱에 묻는다.

다시 오지 않는
삶의 주간들

연시(軟柿)

갈바람에
흔들리는 감나무
우듬지에 놀아난 까치와
홍조 띠며 익어간 연시

새털구름
사이로 청명한 하늘과
가시 덤 풀 우거진
감나무 아래서
나무를 타고
오른 원숭이 훈련
꿀꺽 침 삼키며 기어오른다.

감나무 우듬지
심하게 흔들어 주니
홍시는 떨어지며
가시덤불에
파죽지세(破竹之勢)로 처박힌다.

단맛에 끌린
상처 난 대봉시(大奉柿)
한입 베어 문 홍시 입술은
죽일 놈의 까치 탓하면서
홍시를 한입 가득 배를 채운다.

길 찾는 철새

사투를 벌이는
고공 행진은
기력을 다한 날갯짓

초록이
지쳐서 낙엽이 지듯이
어깨를 다독이는 갯바람과
바다가 부르는 노래에
힘찬 꿈을 꾸며 날고 있을 때

꿈속에서
헤매던 시절에
눈도장 찍어둔
수평선 위로 날아간다.

땅거미 내리어
어느덧 어둠이 찾을 때쯤
힘든 날갯짓에 길을 떠나는
갈바람에 길을 찾는 철새 한 마리

다시 오지 않는
삶의 구간들

단풍의 단상

무더위가 떠나니
행여나 얼까봐.
떨켜 층 끊어 버리니
푸르던 잎사귀 곱게 물들고
대지를 뒤덮는 노란 양탄자

뿌리가 주는 은혜
그 뜻을 알았을까?
사랑의 심사에도
오색으로 단장한 단풍잎
소슬바람에 별 무리 외로워진다.

떨어지는
낙엽을 보노라면
모든 것이
자연의 섭리인 것은
제멋대로 구르는
낙엽의 처량함이
가을 문턱의 단상(斷 想)인데

대지의 은덕은

행여나 얼어버릴까

나뭇잎 떨어져 이불이 되고

바람에도 나무들은 의연하구나.

오색 물감 풀어놓은

처연(凄然)한 현실

낙엽 진 가지에 사이 하늘 파랗고

슬픔을 젓게 하는 서걱거림은

자연의 변화에 외로운 나목이어라.

정월 대보름

비비 꼰 새끼줄에
형형색색 소원성취며
창호지에 소망(所望)을
매달아 바람에 너풀대고

댓잎
맨 꼭대기에 매달아
몇 바퀴 목걸이하고
해묵은 마을 앞 정자나무
당산제로 고향을 지키고 있다

마을 사람들의
소망과 풍년과 안녕을
바람은 무병장수와
경자(庚子)년의 무탈을
을씨년스럽게 메어 달고 서 있다.

마을의 수호 목은
무병장수의 버팀목이 되고
새벽달 달집 태우는 고향 추억은
정월 대보름을 또다시 각인(刻印) 한다.

봄이 오면서

산 오르는 사람 앞에
제일 먼저 반기는 손님
사랑놀이에 바쁜 솔 까치
고개 내밀며 반기는 제비쑥
따스한 봄볕을 감싸 안는다

귓전에 계곡물 흐르는
물소리에 가는 길 반기고
벌어진 버들가지 꽃 숲에서
몰려든 벌 두 마리
떠날 줄도 모르고 봄을 즐긴다.

가는 길이 가벼운 건
이리 봐도 저리 봐도
산 매화 생강 꽃, 방긋이 웃고
확실한 봄소식을 보내서이다.

솔 다람쥐
곡예하는 산모퉁이에
너그럽게 소식 전하는 삼월
봄소식 콧속을 자극하는 솔향기에
쏟아지는 봄 햇살에 피어나는 봄 여운

다시 오지 않는
삶의 순간들

겨울나무의 절개

화려했던 초록 옷과
시절 좋았던 오색 옷을
나무는 아낌없이 내어주고
추위에도
후회하지 않고 떨고 있다

간밤에
서린 하얀 옷
지나던 바람 텅 빈 가지에
네가 좋아 달려들어
간지럼 태우며 회유를 해도

그 시절이 그리워서
시위하며 흔들고 있느냐?
조금만
견디고 참아주면
고운 옷이 입혀질 것이다.

춘설은 네가 좋아
차갑고 긴 밤 지새우면
이 밤도
시리고 추워도
달라붙어 떨어질 줄 모르는 건

가슴속에 지핀 그리움
시공에 생채기 되어도
설한풍에 버팀목 되는 너는
이 겨울 백설이 덮여도
청록이 만건곤하니 독야청청하리라!

다시 오지 않는
삶의 구간들

매화꽃 필 무렵에

훈풍이 불어오니
나목들의 잠을 깨우고
따스한 햇볕 아래
잠든 개구리 몽상에 취해
눈을 뜰 채비에 화들짝 깨어난다.

따스한 봄바람은
재촉하는 봄의 마중물이 되어
움켜쥔 뿌리로 맨몸으로 달려와
피어나려는 꽃소식에
봄맞이 전령을 시기하는 것일까

어이하여 가로막는
봄을 기다리는 매화의 꿈을
심술로 낚아채 가려는 시샘은
시린 바람 설원에 매화가 움츠린다.

개구리 실눈 뜨는
경칩도 지났는데
수은주 끌어내리는 매서운 삭풍은
깨어나려는 홍매화에
시샘하며 하얀 찬 서리로 면사포를 씌운다.

제목 : 매화꽃 필 무렵에
시낭송 : 박영애

스마트폰으로 QR 코드를 스캔하면
시낭송을 감상할 수 있습니다.

초록의 단상

초록이
절정인 유월의 한낮
짙푸른 나뭇잎이 하늘을 향해
힘차게 내민 손 흔들고 있다

승리감에
흠뻑 취한 채
도도하게 깃발을 흔들 듯이
이 세상을 다 품어 안은 듯

한여름의
햇살이 누그러지면
언제인가는 낙엽이 지고
혹독한 겨울을 맞이해야 함은
물극필반(物極必反)이라는 말이 있다

만물은
변하기 마련이고
세월은 흐르기 마련이지만
청 푸른 시절은 언젠가는 가겠지만
자연이 주는 유월은 꿋꿋한 절경이어라

* 物極必反 : 사물의 발전이 극에 달하면 반드시 반전(反轉)한다

다시 오지 않는
삶의 순간들

나목 위에 보금자리

앙상한 가지 위에
까치 궁궐 기둥이 되어
받침목으로 서 있는 저 나목

윙윙대는 휘파람 소리에
칼바람 강추위도 참아내고
형형색색의
그 곱던 열정도 떨쳐 버리고
당당하게 이 맹위를 이겨낸다.

캄캄한 밤이 지나면,
어둠은 은밀히 밀려 나가고
동녘 햇살의 정기를 받아서
따스하고 환한 햇볕을 기다린다.

비워둔
까치집에도 재(再)단장하고
사랑의 결실을 틔우기 위한,
부푼 꿈으로 집 단장을 끝내면

입춘 절 나목(裸木)에도
봄꽃 향기 반김 속에
무성한 꿈에 지켜온 까치집
둥지를 튼 보금자리 사랑이 여문다.

광주에서 대전까지 (열차에 추억)

갈탄 태우는 냄새
덜커덩거리던 철마의 소리
역마다 들려가며 기적 소리 울리고
유년을 되돌리는 열차의 풍경은

객실 내 오가는 홍익매점
꾸르륵 배고픔도 참아야 했던 시절에
봄 농사 준비하던 손 흔드는 농부들
지금은 다 어디 가고 찾아볼 수 없을까

마을을 누렇게 덮은 초가지붕도
자취는 그대로인데 실체는 변해버린
동구 밖 어귀에는 낮잠 자는 승용차
듬성듬성 비닐하우스가 널브러진 들녘이다

반세기만의 추억은
모름지기 백팔십도 변한 채
냄새도 소리도 배고픔도 사라진 객실
대전행 열차에 반기는 봄소식에 향수만 그립다

다시 오지 않는
삶의 구간들

늦가을의 풍경

만추 절경 우거진 곳
설렘으로 선운사를 찾는다.
옷을 벗은 은행나무
쓸쓸한 가지 사이로 베푸는 햇빛
단풍나무 붉게 부끄러움 머금었다.

만산홍엽보다
찬란한 인파가 모여들고
선운사 사찰에 단풍은
땡그랑 종소리에 맞추어
단풍잎이 우수수 떨어진 전경

곱게 빚어진
단풍나무 아래엔
여운을 담으려는 카메라
떨어진 찰나에 낙엽을 담아내려는
가을을 넘보는 그들은 좋은가 보다.

낙엽은 귀찮다 해도
한사코
몰려드는 세월 찾는 여행객
몽환적인 분위기가 좋아서일까
목탁 소리 세월을 잉태할 때에

시냇물 돌 위에도
홀연히 낙화하는 시월의 잎사귀
우리네 인생도
언제인가 떨어져야 할 낙엽
상념의 회심곡처럼 처량함이라.

다시 오지 않는
삶의 구간들

사계의 시심

봄바람이 언 땅을 녹여
재 넘어 봄의 화신이 되어
망울 터져 피어나는 춘 매화
얼어버린 마음마저 설레어놓고
해묵은 아낙까지 산과 들로 유혹한다.

허리 안개 갈 곳 잃어
짙은 햇빛 토해 내는 여름날
넓은 바다와 계곡 숲과 들판이
황량한 들판에도 푸른 파도를 치니
시어의 고된 흔적은 마중물 된다.

배롱나무 붉은 피 토한 후
국화꽃 향기 피는 은솔 바람에
옥구슬 대롱대롱 풀잎에 맺혀
망울망울 흘린 이슬 알알이 맺히며
오색단풍 찬란하면 찬 서리가 시샘한다.

천공에 바람 가듯
세월의 사계는 깊어지니
황량한 들판에 외로운 나그네 되어
소복단장 설한풍에 쓸쓸한 벌판에선
화선지 펼쳐 놓은 화백 마음 같으랴!

강물처럼 흐르는
시계의 추억을 모아
붙들린 세월을 낚아서 담아보는
계절을 호흡하는 붓-방아 시심(詩心)

* 은솔 : 은근히 솔솔 부는 바람
* 허리 안개 : 산 중턱을 둘러싼 안개
* 붓방아 : 글을 쓸 때 생각이 미처 나지 않아 붓대만 놀리고 있는 짓

다시 오지 않는
삶의 순간들

납골 가족 묘

고향에 뒷산은
부모님이 남기신 유산이다
살아생전 가꾸신 터전
당신의 묏자리로 유언만 남기셨다.

동네로 드는 논둑길
진입 도로 사들이셔 만들고
아버지의 혼을 남기기 위해
대나무, 밤나무, 잡목을 베어냈다

피땀으로 만든 유산
한때는 화자의 방목장이 되었고
잡목이 무성한 뒷산은
산림청의 조성 림 식재로 지금은,
둘째 형님이 고생으로 유산을 지키고

뒷산 아래 고택은
둘째 아들이 아담한 집으로 단장하시고
형제 가족들의 뜻을 모아
터 좋은 곳에 아버님 유언을 받들어
자손에 편리한 납골 가족묘가 반긴다

제2부 인생 성찰

삶이란 운명을

때로는 기쁨도 슬픔도

몸으로 받아들여야 하는

하나의 사랑으로 지켜 왔지만

보름달도 때가 되면 기울어지듯

인생 성찰

인연이란 꼬리표를 달고
사랑스러운 꽃도 피며
험난한 응고의 세월 속에
생각은 보수적으로 바뀌어 가는데

서로가 남남으로 만나
알콩달콩 살아가면서
향기 나는 삶을 살다가도
시간이 지나며 촉기도 잃어간다

삶이란 운명을
때로는 기쁨도 슬픔도
몸으로 받아들여야 하는
하나의 사랑으로 지켜 왔지만
보름달도 때가 되면 기울어지듯

지워지지 않는
과거의 주마등 속에
잊지 못해 몸부림쳐보지만
풀잎에 이슬 같은 인생은
성찰(省察)의 고심에 합장을 한다.

영특한 어린 손녀

다섯 살 난 손녀를
영상으로 가끔 본다. 아들이
직장 관계로 서울에서 살아서다
그런데, 내가
서울에서 병원에 입원했을 때
아들이 손녀를 데리고 병원을 찾아서다

"할아버지 치료를 잘하세요?"
그래, 고맙다
"할아버지 퇴원하실 때 우리 집에 오셨다 가야 해요"
왜~? 할머니가 되묻는다.
"우리는 한가족이니까요"라고 말한다.

할아버지한테도 인사해야지?
"할아버지 잘 치료하세요." 그리고는 말한다.
'그리고 오늘 알았으니까'
"다음에 길에서 만나면 달려가 안아 드릴걸요"

할머니 칭찬의 연발
아 유! '연서' 예뻐라.
주위 사람 모두가 웃음바다.
나에게도 굵은 주름, 눈물이 울컥한다.
어른스러운 손녀는 영특한 귀염둥이

다시 오지 않는
삶의 구간들

홀가분한 자비(自備)

어느 날
국민연금공단을 방문하니
마음에 들어온 문구 하나
"사람들은 겨우살이 준비를
하면서 죽음 준비를 하지 않는다."

그리고 잠시
우수(憂愁)에 잠겨 있다
죽음 앞에 의식을 잃고 헤매지 말자는
아내와 함께했던 말이 생각납니다.
칠순(七旬)이라는 세월을 넘기고 나니
홀가분하게 죽음을 맞이하고 싶은 마음

화자는 정토(淨土)나
내세(來世)를 모릅니다.
언제 죽음이 내 앞에 올 줄도 모릅니다.
언제 불운한 불행이 내게 올지 모르기에
가족 앞에 구차한 죽음을 갖고 싶지 않습니다.

누군가가 종교를 믿느냐고 물어온다면
고개를 갸웃하면서도 굳이 말한다면
때에 따라 신봉(信奉)하는
천(天), 불(佛), 기(基)를 믿는다고 합니다.

이제는 죽음을 준비할 때가 된 것만 같아
"서전 연명 의료 의향서"라는 설명을 듣고
아! 때는 이때다.
라며 자각(自覺)을 하고서
그 연명 결정 의향서(意向書)에 서명했습니다.
마음은 속세(俗世)의 준비(準備)에 홀가분합니다.

다시 오지 않는
삶의 구간들

남겨진 시심

누군가를
마음껏 사랑하고
사랑받았던 기억
퍼렇게 지세 운 날들 속에

나와 내가
살아 있음을 감사하고
그리움에 허기진 세월
감사하며 사는 회심곡의 한 자락

빈손으로 간다며
하지만 흔적을 남기는 건
허기진 세월 달려오는 고갯길에
생전에 쓰거나 소유했던 물건들

그리고
사람들의 기억 속에
떠난 후에 남겨진 잔해들.
소용돌이친 여울목에
지난 추억 시심으로 남을 것이다.

갓난아기의 미소

백일이
막 지난 갓난아기
포대기에 싸여 눈을 맞춘다.
가끔 두 팔 춤을 움찔하며
세상에 태어남이 좋은가 보다

내가 다가가며
어~늘 누 깍~꿍하니
두 팔을 치켜들며 미소를 띤다
벙글어진 얼굴에는
남이 아닌 혈육임을 아기는 안다.

다시 오지 않는
삶의 구간들

할미들의 고생문

애지중지 키운 막내딸
한없이 데리고 살고 싶지만
오늘날 결혼을 적대시하는 시절에
그래도 다행인 듯 늦깎이 나이에
짚신도 짝이 있듯이
한 직장 신랑을 선택한 늦깎이 결혼

부모는
자녀들 결혼을 희망하고 나면
손자, 손녀 태어나길 기다린다.
20대를 넘기면 힘들어지는 출산 문제
본인은 직장의 승진이 우선이라며
늦어가는 배잉 기(胚孕 期)는 뒷전이다.

결혼 후 삼 년이 다 되어가는
2017년 12월 24일 태어난 외손녀
오늘날 정부의 출산 장려 덕분에
외롭지 않은 동생을 가지라 했지만
뜻대로 마음대로 되지 않은 임신의 고민

직장의 후배들의 승진하는 도화선은
복직을 서두른 경자년(庚子 年) 02월 10일
만으로 두 살이 된 딸을 두고 복직하니
날로 예쁜 짓에 마음은 기쁘기 한량없지만
할미들의 즐거움은 나무에 연이 걸린 듯이네

고향 집

고향 마을은 꿈속에서도 그리운 그 고향
떨어진 은행잎이 두껍게 깔렸다.

그 옛날! 벌거벗은 산천은 풀숲에 쌓여 있고
새로 자란 나무숲에 숨어 보인다.
새벽이면 울어 대든 꿩 우는 소리
아직도 귓전에는 짝을 찾는데

어릴 적 뒷산은 높기만 했고
지금은 잡목 숲이 메이는구나!
땀 흘린 나락 둥지 마당을 지키고
감나무 올라감을 따던 기억만 새록새록

아버님은 초가집 이엉 올려 겨울을 덮고
늙으신 어머님의 가냘픈 헛기침 소리
지금은 그 추억 그림이 되어
눈 덮인 산골 아래 아련히 실려 온다.

작아만 보이는
산천은 그대로인데
이엉 대신 기와지붕으로 변해있다.
붙잡지 못한 세월은 반백 년이 흘러
옆집 형수님 정수리에 세월 꽃이 피어난다.

45

다시 오지 않는
삶의 구간들

어떡해야 좋을까요?

해병도 당당하게 건강한 삶이
드는 환갑 나이에 죽음의 대형사고로
20%의 행운으로 죽음은 면했지만
지방에서 치료할 수 없어 서울 전문병원으로
정신 잃은 체 구급차로 실려 간 환자
달리는 구급차가 10년 같았다는 내자의 표현

일주간의 응급실에서
8~11시간 걸리는 4회의 전신 마취 후
오른팔은 갈기갈기 뼈만 남은 수술은
내가 정신이 들었다면 잘라 버렸어야 할 오른팔
가족들의 심정이 의료진의 실습용이 되어버렸지만
살아줘서 고맙다는 가족 형제들은 불행 중 다행이란다.

2개월간 침대 체 밀고 다니며
주삿바늘 평균 3~4개에 주렁주렁 매달린 약제들
간호해준 내자의 심정은 속이 떨리는 병까지 얻었다.
4개월 만에 퇴원 후 2년 넘게 반전 없는 재활치료
6년 만에 짧은 미관 절단으로 한쪽 팔을 잃었다.

손가락 끝이며 발가락 끝
머리 상부까지 뚫린 상처는 완치되어
성한 왼쪽 팔은 오른팔을 대신하며 보내기를 10여 년
자꾸 아파지는 왼쪽 어깨 측의 인대 파열의 치료는
서울에 아산병원 주치의까지도 수술뿐이라 한다.

모든 수술에 100% 보장이란 허용이 안 된다고 하며
몸 상태를 관리하여 자연 치유법을 기대한 해방
운전이며 컴퓨터 사용도 왼팔을 쓰지 말라는 주문이다.
고희 넘긴 인생의 삶에 잘린 팔의 진통에 시달린 환부
마약성 진통제까지 먹는 팔의 환부를 어찌해야 합니까?

다시 오지 않는
삶의 순간들

분재(盆載)원

머리카락 잘리며
이용사의 뜻에 변신하듯
내 마음 접어두고
네 뜻에 살라 하는
서글픈 이 사정을 그들은 알까?

비틀리고 얽어매고
묶이어서 살아가는데
잎이며 커다란 가지마저도
내 한 몸은 통째
타인의 의지로 처절하게 뒤틀어진다.

때로는, 커다란
줄기마저 잘려서
넓은 질그릇이 내 집이 되고
어쩌다가 운이 좋아
꽃도 피고 열매도 맺어보지만

그래도 못난이는
대지 위에 옮겨지고
말 잘 들어
변태로 긴 세월 가노라면
내 마음 한숨 속에 은폐된 정서(情緖)

많은 사람의
탄성 속에 눈 기쁨 채워주니
내 몸값이 천 냥에서
만 냥으로 올라간다고 해도
가슴 터지는 내 자태에 그들은 게염을 하네.

다시 오지 않는
삶의 구간들

외손녀의 돌날에

지극한 사랑과
간절한 소망을 담아
가족의 사랑에 소망 풀던 날
품은 정성이 빛을 보았다

인고의 복덩이는
무술년 2월 9일 신시(辛時)에
수완 지구 조리원 신생아실에서
배냇짓으로 세상에 빛을 고했다.

고통이 배가됨은
감격을 품은 힘찬 탄생
얼핏 남아 닮은 어여쁜 공주는
힘찬 울음소리로 기쁨을 선사했다.

배부르면 잘도 노는,
태명 이름 "복 담이"
잠 잘 자는 순한 공주
막내딸의 어릴 적 판박이라고
할미를 잘 따르니 감탄이 절로다.

건강하게
잘 자라는 외손녀
아장아장
잘도 걷는 영특한 짓에
자꾸만 벙글거리는 우리네 부부

엄마, 아빠
사랑 먹고 건강하게 자라서
만인이 우러러보며
사랑받는 장한 '이서하'가 되려무나.

제목 : 외손녀의 돌날에
시낭송 : 박영애

스마트폰으로 QR 코드를 스캔하면
시낭송을 감상할 수 있습니다.

* 외손녀의 돌날에 붙여

다시 오지 않는
삶의 주간들

김장 배추

단칼에 품어 잘리고
볼륨 속에 숨겨진 홈드레스
봉긋한 젖무덤 속에 숨겨진
한 겹 벗은 샛노란 알찬 포기

겉치마 단숨에 벗겨지고
무자비한 칼날에 네 쪽으로
등분 해진 편 가르기에
짭조름한 해수 물을 뒤집어쓴다.

휴식도 잠시
다진 양념 겹겹이 바르고
함초롬한 바다 냄새의 비릿함
맵고 붉은 립스틱을 뒤집어쓰고
알싸한 분장으로 온몸에 뒤집어쓴다.

정신적 항거와 휴식도 잠시
버무려진 채 기력을 잃고 만다.
동지섣달 긴긴날을 위한 숙면은
밥상을 위해 헌신한 희생된 진찬(珍饌)

늙어가는 삶

무엇 하나
가본 길이 아닌
늙어가며 불안하기만 한 길은
구천에서 떠돌았을 기축년 전
큰 사고를 당하고 난 후부터 입니다.

된서리에
한쪽 날개를 잃고 힘들게
걸어가고 있는 살아가는 길
가보지 않은 길이기에
가는 길이 마냥 두려울 뿐입니다.

남은 길이
처음 가는 길이었고
왠지 서툴고 두려움이
마음과 같은 길은 없습니다.

청년 시절에는
두려움도 무서움도 없었는데
사고를 당한 후 의기소침해지고
자꾸만, 불안한 마음만 앞서갑니다.

도착지점이
많이 남지 않음을 알면서도
불행보다 훗이 많을 것만 같아
맑은 황혼을 갈망하며 살아갑니다.

다시 오지 않는
삶의 구간들

사랑이 머문 자리

외따른
산길을 걸을 때마다
주변에 연갈색 널브러진 잎새

지난해를 살고 간
고사리 잔재를 탐하고
새로운 듯 반가운 말을 건네며
봄이 되면 이곳에 오자고 한다

나는 장애라는
어려움을 알고부터, 봄이면
아내의 뜻에 따라 고사리 캔다
새봄맞이 고사리를 캐는 일은
한낱 필요성에 머물지 않아서이다.

눈앞에 아른거리는
이른 봄 잡풀 속 통통한 고사리
5년 넘게 봄이면 함께 하던 봄날
아내는 그때가 꿈속 튼 그리움이었나.

예전 날엔 지애(至愛)는
꿈속에서나 머물렀고
나만의 취미에 즐겨 놀아났지만

장애인의 꼬리표를 달고
불행이 섞여 피어난, 꽃보다
아내의 뜻에 맞춤은, 아름다운
사랑이 시공(時空)에 머물다 가네.

* 지애(至愛) : 더없이 깊은 사랑

다시 오지 않는
삶의 구간들

고물상에 잔영(殘影)

회사 화장실 건너에
수북이 쌓인 고물들
2월의 꽃샘바람과 함께
눈보라에 떠밀리며 쌓여있다.

위험천만한
파지 줍는 할머니
단돈 몇 푼을 손에 쥐려고
힘겹게 수집하는 손길이다

빈 병과 빈 깡통
헌책들과 파지(破紙)들
거리에서 골목길에서
힘없는 노인들이 수집한 고물들

눈보라 치는 거리에서
가난 속 손수레와
주름진 혼돈의 어른거림은
미소 짓는 온화한 가난이 있고

낡은 손수레에
힘겹게 밀고 온 노인의 모습과
철재들은 제멋대로
뒤엉켜 잔주름은 그 속에 서성인다.

천대받고 싸인 고물들이
크레인 자동차에 실려 와
작업장에 굴착기에 뭉개지고
수 없는 잔영(殘影)으로 쌓여있다.

다시 오지 않는
삶의 구간들

거시와 난청

따르릉,

집 전화가 걸려온다

여보세요. 넷째냐? 네!

형님 잘 계셨어요? "별일 없느냐?"

이번 주 4월 첫 번째 일요일

"영암 신북 봄 시제에 갈 것이지?"

가야지요. "어디서 만날 끄나?"

형님! 제가 형님 댁으로 갈게요.

"바쁜데 여기까지 오시지 말고 거시기서 만나자."

건강도 안 좋으신데

그렇게 하시지 말고 댁에 계셔요.

"어디야?" 하시고는

"그럴 필요 없어야 이곳에서 버스를 타면

금방이니 거시기 거기서 만나자고." 하시기에

거시기가 어디인 데요? 하고 물어보니

"그전에 만난 곳 거시기 말이다."

하시고는 전화기를 끊어버린다.

그래도 확실한 시간 약속은 해야 하겠기에

다시 전화를 걸어

그날. 9시 30분에 백운동에서 뵙겠습니다.

확실한 장소를 묻고 싶었는데 또 끊어버린다

하는 수 없이 일요일

그전에 내려 드린 적 있는 백운동

국제 호텔 앞으로 승용차를 갖고 나갔는데

보이지를 않는다.

휴대전화를 걸어도 받지를 않으신다. 행여나

언젠가 만난 백운동 우체국 앞으로 차를 몰았다.

그곳 건너편에 계시여 승용차에 타시며

그러니까? 장소를 확실히…. "왜 좀 늦었다."

거시기와 난청(難聽)에 나만 힘들다.

* 산수(傘壽)를 넘기신 난청(難聽)이 심한 장형님과

59

나의 묘비명(墓碑銘)

삶이란
끈을 놓아 버리고
운명이란 틀을 벗어날 때
궁색한 생의 틀을 더듬어 보면
가난의 굴레가 멍에가 된다 해도

어깨너머로
배운 삶의 법칙과
근면하고 성실을 신조로 하는 건
거스를 수 없이 타고난 운명
부모님이 안겨주신 유산(遺産)이었다.

드는 환갑
나이에 장애인이 되고
문학인의 틀 속에 합류하였다
훗날 이름 없는 시인이 될지라도
기리는 묘비명은 詩人으로 쓰일 것이다

그렇게 쓰인
묘비는 영원히 남아
정지 장군의 후손으로
선조의 대열에 합류될 것이며
호랑이는 가죽을 남긴다는데
28대 후손은 시인으로 남을 것이다.

제목 : 나의 묘비명
시낭송 : 박순애

스마트폰으로 QR 코드를 스캔하면
시낭송을 감상할 수 있습니다.

심연의 일상

발등에
불이 떨어진다 해도
미쳐 돌아볼 틈이 없는 일상에
자아 본능으로 싸대듯 하다 보면
중차대한 약속마저 까맣게 잊고 만다.

샛별 쫓아 시작된
하루가 저물어 갈 때면
천만 근 된 발걸음의 무게로
하루의 끝자락에서 뚜벅뚜벅 걷는다.

피로가 덮친다.
두 눈의 동공이 희미해지고
짓눌린 무게를 등에 다 지고서
침대에 등만 대면 나락으로 떨어진다.

지친 일과는 삶과
희망의 굴레 속에서
피로에 매달린 심연(深淵)에 일상
꿈속에 소용돌이치는 영화의 환영(幻影)

제목 : 심연의 일상
시낭송 : 최명자

스마트폰으로 QR 코드를 스캔하면
시낭송을 감상할 수 있습니다.

다시 오지 않는
삶의 구간들

여름 늦더위 [순우리말 시]

어느 한더위* 여름날
우금*의 시원한 곳을 찾아
가시버시*와 함께
늦여름에 색 바람* 찾아 나섰다.

땡볕*에 찌물쿠다*
높드리* 나리꽃 피어난 곳
푸나무* 사이가 잠포록하다.*

바람 소리 엿들으려
나 뭇 그늘에 쉬어 갈 때
하늘 바람꽃* 매지구름* 비를 몰고 와
가끔 작달비*로 쏟아지다 머츰하고*
물목*에 보지락* 발목까지 적신다.

송골송골 젖은 몸이
후줄 하게 젖어, 쥘 부채질* 하는 날
땅 가물*에 시달린 푸나무*
한 여름날의 목마름이, 물쿠다*
무더위를 슬그머니 삼키고 간 지르된* 여름

* 가시버시 : 부부의 낮춤 말
* 높드리 : 골짜기 높은 곳.
* 땅 가물 : 가물어서 푸성귀가 마르는 재앙
* 갈 목마름 : 갈증
* 땡볕 : 가리 움 없이 따갑게 내리쬐는 뙤약볕
* 색 바람 : 이른 가을에 부는 선선한 바람
* 매지구름 : 비를 머금은 조각구름
* 머츰하고 : 잠시 그치고
* 물쿠다 : 찌는 듯이 덥다
* 물목 : 물이 흐르거나 흘러들어온 어귀
* 바람꽃 : 바람이 일어날 때 구름 같은 뽀얀 기운
* 보지락 : 비가 온 분량을 헤아리는 말
* 우금 : 시냇물이 흐르는 좁은 골짜기
* 작달비 : 굵직하게 거세게 퍼붓는 비
* 잠포록하다 : 날씨가 흐리고 바람이 없다.
* 칠 부채질하는 : 접었다 폈다 하는 부채
* 지르된 : 제때를 지나 더디게, 늦된
* 찌물쿠다 : 날씨가 찌는 듯이 무덥다
* 풋나무 : 풀과 나무
* 푸나무 서리 : 풀과 나무가 우거진 사이
* 한더위 : 한참 심한 무더위

63

다시 오지 않은
삶의 구간들

바람*의 홀씨*[순 한글 시]

눈부시던
아름다운 날을 그리는 것은
꿈같은 나의 마음속에
한 떨기 피어나는 장미꽃 같은
아름다움이 솟구치는 가슴속에서

긴 밤 지새우고 맺힌 이슬
아롱아롱* 밝아져 오는 아침은
이슬 머금은 풀잎에 구슬처럼
푸른 바다 위에
나르는 갈매기 날개사위* 같아라.

불그스레한 햇귀*
활짝 솟아오르는 아침
끝없이 무수하게 뿌려지는
낯선 거리를 떠올림은
나무와 나무 사이
싸락눈* 바람에 밀려 눈이 깔린 날

아~! 여기에

어느 것 하나 빠뜨리지 않고

자욱이* 얼어붙은 눈시울 속에

어느 겨울날 아지랑이 그리며

그리움 하나 들고 서 있는 바람*이다.

* 싸락눈 : 싸라기눈
* 홀씨 : 포자
* 날개사위 : 두 팔로 곡선을 그리며 벌리는 동작
* 바람 : 바라는 바, 소망
* 아롱아롱 : 점이나 줄이 연하여 고르게
* 자욱이 : 연기나 안개가 잔뜩 끼어있는
* 햇귀 : 해가 처음 솟아오를 때의

다시 오지 않는
삶의 구간들

가뭄 비[순 우리말 시]

보래 구름
바람에 붙들려
어디론가 흘러간다.
해마다 찾아오는 단골 장맛비

먹구름 간곳없고
외로이 흘러가는 구름장
하늘바라기 남새밭은 목이 마른 데
목마름은 아쉬운데 하늘만 찌뿌드드하다

한가람 기다리는
무렁이에 그리운 찬 내
하늘가 저 멀리 구름바다
잿 마루 매지—구름 떠돌면서 놀다 간다.

굽도 젖도 할 수 없이
하늘만 바라보며 고스러지다
타는 듯 몸부림 목이 마른 논에는
애오라지 가뭄 비 한숨에 가슴 태우다

* 보래 구름 : 많이 흩어져 날리고 있는 작은 구름 덩이. / * 구름장 : 구름의 덩이
* 하늘바라기 논 : 천수답(天水畓) / * 남새밭 : 채전, 채소밭.
* 한가람 : 몹시 넓고(한) 물이 풍족하게 흐르는 강 / * 찬 내 : 물이 가득 찬 시내
* 무렁이 : 거친 땅에 논밭을 이루어서 곡식을 심는 일 / * 구름바다 : 바다 같이 넓게 깔린 구름
* 매지—구름 : 비를 머금은 검은 조각구름. / * 잿 마루 : 고개(재)마루.
* 굽도 젖도 할 수 없다 : 나갈 수도 물러 날수도 없다.
* 고스러지다 : 벼, 보리, 밀 등이 수확기가 지나 모가지가 꼬부라져 앙상하여지다.
* 애오라지 : 마음에 부족하나마,

암담한 시인

이순 넘은 세월에
역경에 휘저은 손
순리로 이겨 보려고
어렵사리 시인으로 득의 하였다.

무지의 삶에 살다 보니
'서정시'만 만지면서
"비유법" "인유법" 은유 체계
따위는 안중에 묻어 둔 체

현실을 직시하는
40여 년의 일기를 써왔던 습관은
좀처럼 바뀌지 않은
구이지학(口耳之學) 일까
삼세 지습 지우 팔십(三歲之習至于八十)이라

가끔은
상투적일 글을 뽑아내며
서사시로 "직설법"만 쓰고 있는
어정잡이 빛바랜 암담한 시인입니다.

다시 오지 않는
삶의 순간들

함께 가는 삶

들국화처럼
거룩하고 꿋꿋한 가시라
나는 들꽃을 감싸 안은 들풀처럼
늘 함께할 수 있는 늘 하늘마음

초롱초롱한 아침이슬이
풀잎에 맺힌 이슬과 같이
밤안개 속삭이듯 포근한 그 사람
소담한 다소니, 마음씨 그지없이 아리땁다.

비가 오나
눈보라가 내리쳐도
가시버시 살아가는 길에는
서로가 보살피고 감싸주면서
내 가시라 와 길동무하는 한 살 되다.

삶의 크고 작은
할퀴고 간 어려운 때에도
날개 잃어 결딴난 나의 날갯짓에는
핫어미는 하 냥 미더움을 주었습니다.

내 가슴속에 핀 사랑

애근 히 곧추세우며

결딴난 죽음에서 북돋워 주고

구순 한 가시버시 암팡지며

애오라지 함께 가는 꽃노을의 다소니

(註釋): 우리말 대사전 편찬회 편: 이숭녕, 남광우, 이응백(문학박사) 참조
* 사시라〈명〉: 아내
* 가시버시〈명〉: 부부의 낮춤말
* 결딴난〈명〉: 도무지 손을 쓸 수 없는 상태인 것
* 고수련〈명〉: 마구 다루지 아니함
* 구순 한〈형〉: 말썽 없이 의좋은
* 곧추〈부〉: 굽히거나 구부리지 않고
* 길동무〈명〉: 길을 (함께) 가는 사람
* 꽃노을〈명〉: 고운 색깔로 붉게 물든 노을을 비유적으로 이르는 말.
* 노상〈부〉: 언제나 변함없이
* 다소니: 사랑 하는 사람.
* 뒤안길〈명〉: 한길이 아닌 뒷골목의 길
* 부라퀴〈명〉: 야물고 암팡스러운 사람
* 소담한〈형〉: 아름답고 풍족한
* 숫보기〈명〉: 순진한 사람
* 아리땁다〈형〉: 자태가 아름답다.
* 애근 히 : 애를 쓰며 어렵게
* 애오라지 : 그저 그런대로 넉넉히, 넉넉하지는 못하지만 좀
* 암팡지다〈형〉:몸은 작아도 힘차고 담이 크며
* 초롱 한〈형〉: 밝고 영롱한
* 하 냥〈부〉: 한결같이.
* 하늘마음〈명〉: 하늘처럼 밝고 넓고 고요한 마음
* 한 살 되다.〈자〉: 부부가 되다
* 핫어미〈명〉: 남편이 있는 여자
* 아내바라기 : 해를 바라보듯 아내를 바라보는 남편을 이르는 말

다시 오지 않은
삶의 구간들

종사(宗祀)의 무아경

쌀쌀하던 시월 시제(時祭) 날에
제사를 모시는 날이면, 아버지는
나이 어린 자식 자랑도 아닐 텐데
이른 아침 출발하며 나를 앞세운다.

진행자의 홀기(笏記) 따라
정성 들인 제물 진설한 묘지 앞에
헌관(獻官)들을 정해 놓고 정성껏 절한다.

해를 삼킨
어둠에야 달빛을 등대 삼아
산을 넘고 들을 건너 돌아오며
선조들의 이야기를 들려주시던, 아버지
북망산천에서도 조상 섬김을 보시는 걸까

그 아버지에 그 아들은
거스를 수 없는 시대에 흐름에
세 시간 걷던 길을 단숨에 달려
선대 조상님의 시제(時祭)에 참례한다.

정갈한 상차림에

마음의 정성을 피력하는 헌관(獻官)은

시종일관 종사의 의견이 결집하여

유교식 제사도

달라져야 한다며 한글풀이로 진행한다.

세월이 다리 놓은

유곡 문중회장이 되어

반세기 만에 달라진 흐름 따라

보수를 넘어 세월을 읊조리니

아버지의 가르침을 따라

조상의 숭고함이 무아경(無我境)에 취한다.

* 14대 선조의 시제 날에

다시 오지 않는
삶의 구간들

나에 수식어

십 년 전
드는 환갑 때의 일이다
전남대학교 병원에서
전기 화상병원으로 서울로의 후송은
내가 죽었을 것이라 파다하게 퍼진 소문

아파트 지하 변전실
삼십 년의 전기를 다룬 나에게도
동정심은 결국 사고를 당했고
인생 환갑의 문턱에서 받은 비운의 순간

영문도 모른 채
보호자로 함께 온 가시버시
119구급차에 실려 서울로 함께 할 때
사경을 헤매는 긴박한 시간
남편을 태우고 가는 일 년 같은 시간
가장 힘들고 서울 길이 멀었다고 한다.

긴 시간
수술을 4~5회 정신 잃은
제정신이 아닌 중환자실 대기실
지인이며 친척들의 수많은 방문객
그분들의 위안과 기도에 살았을 것이다.

천운을 타고난 사람!
조상님이 보살펴준 사람!
열정으로 간호한
내자를 잘 만난 사람,
성심이 좋아 조상님이 돌봤을 것이라며

비록, 지금!
한쪽 팔을 잃은 장애인이 되었지만
또 한 번의
인생을 살아가고 있는 이 사람!
나에게 주어진 "운 좋은 불운"의 '수식어'다.

다시 오지 않는
삶의 구간들

음흉한 묘비명

갑오년 9월
윤달이든 어느 날
산소에 둘레 석을 단장하고
없던 묘 비석을 세웠다 한다.
후문에 들어본 여론이 시끄럽다

그분은 생존에
삶을 사는 동안
평범한 서민에 불과한 선조
재력 많은 후손을
조상의 흔적을 섬기는 것이야
말릴 수가 없는 효심이지만

선조의 흔적까지
글쟁이를 매수하여
과장(誇張) 된 묘비명을 여기에 썼다
세상이 뒤집히고 잿더미가 된다 해도
그의 묘비는 살아남을 것이고

묘비(墓碑)의 기록은
그의 묘비명을 내버려 둔 결과로
잎맥의 뼈들은 미화되어 남을 것인데
허황한 비명을 도용하는 음흉한 작태

제3부 격변기의 풍운아

철이 들기 전에는 몰랐다

형들이 아버지를

어려워하며 대하는 것을

누대(累代) 없는 땅을 일구시느라

형님들에게도 놀게 하지를 않으셨다.

깨달음의 삶

열심히 산다고
반드시 잘 사는 것인지
이것이 세상살이 근본이 된다면
산다는 것이 얼마나 고독한 일인가

안갯속에서
헤매듯이 마음은 참아야 하고
바람이 불어도 맞서 보라 하나니
어둠에 물으니 쉬면서 가라 한다.

그런데도 살아야 하는 것은
지금까지 살아온 것이 아깝고
스친 바람 풀잎도
흔들려 행복으로 자라는데
살아갈 날이 많지 않나 자문해본다.

선인에게 물어보니
해맑게 피어난 연꽃처럼
더러워도 참아야 한다고 하고
파도처럼 부서지며 부딪혀도 보라 하며
바닷물처럼 넓게 보고 살펴보고 살라 한다.

그렇게 깨달음은
이해와 배려로 배우고 살며
감사하고 사랑하며 줄어드는 세상살이
생각하니 깨달음으로 알게 해 준 삶이어라

제목 : 깨달음의 삶
시낭송 : 김지원

스마트폰으로 QR 코드를 스캔하면
시낭송을 감상할 수 있습니다.

고향 지키는 노송

큰 마을 입구에
마을 지키는 느티나무
산 꿩이 새벽잠 깨우면
아침 해가 일찍 문안드리며
저녁 해가 일찍 잠을 청하는 곳
조양동(朝陽 洞)이라는 작은 마을

초가지붕 헤집는 닭이
홰를 치며 때를 알린 곳
마당 가운데 멍석을 펴고
반딧불이 불 밝히며 날고
생풀 태워 모기 쫓던 시절에
오작교 다리 놓던 칠석 밤이 그립고

아버지가 땅을 구하여
진입도로 만드신 길 따라
전기며 전화가 찾아드는 곳
초가지붕도 바뀌어, 지금은
옛 자취는 간곳없이 변한 내 고향

변해가는 고향에
터를 일구시던
개척자는 모두 떠나시고
터전 배기 기다리는 고향 뒷산에
등 굽은 적송은 그 자리를 지키고 있다.

다시 오지 않는
삶의 순간들

모진 삶의 여운

찬바람이
스며드는 옷을 걸치고
몇 개의 빈 상자를 싣고
힘겹게 손수레가 끌려간다.
눈발 나리는 날 출근길 백미러에

눈이 내려도
휴식을 취하지 못하는 건
점포에 몇 개의 헤진 빈 상자

찬바람이 불어도
차 안에는 따뜻한데
거들지 못한 울컥함에
나는, 차량의 온풍기를 꺼버린다

차 안에는
점퍼의 두꺼움에
따스함이 감싸기도 하는데

불어대는 찬바람이
멎으면 좋으련만
백미러에 비치는 할머니 모습
따스한 난방이 그리울 텐데…!

격한 숨소리
버거운 한숨에서 찬 입김은
모진 삶의 여운을 함께 토한다.

다시 오지 않는
삶의 구간들

자화상

나가 태어난 때는
6.25보다 일 년 전이다
서녘 해가 빨리 지는 산골 아이
인민군이 들이닥칠 때면
두 살배기
나를 업고 대밭 속으로
외할머니는 그 지혜를 자랑하신다.

아버지는
구주 탄광으로 노역 가시고
아버지를
대신하신 작은 숙부는
내 나이 네 살 때
양민 학살로 희생되셨다.

한적한 산골
호롱불 켜고 자란
5남 2녀의 넷째 아들
한참 배워야 할 나이에
농업계의 졸업장은 뒷전에 두고
이공계 열정은 자수성가 직업이 되었다

내 생의 자취는
부모님의 피가 흘러
성실과 열정으로 살아왔다.
시인이란 길은
이순의 고갯길에 장애인 되어
시련과 방황 중에 장애가 준 선물이다.

노년의 삶이
가지 부러진 소나무처럼
내 몸에는 수많은 수술 자국이
군더더기 통증으로 남아
아내의 내조가 힘이 되었고
인내로 해병대 정신으로 살아가는 인생이다.

다시 오지 않는
삶의 구간들

봄 여운(餘韻)

부활을 시작하는
한 해의 첫 절기
입춘-방이
웅크렸던 마음을 깨운다.

지난겨울
마음 졸이게 웅크린
신종 바이러스의
창궐(猖獗)에
묵직해진 마음 달래려고

가슴이 답답하여
산골짝을 오르니
등골에 흐른 땀은
골짜기 바람이 식혀준다.

늘 푸른 소나무는
희색이 만면하고
산골 계곡의 물소리
후련하게 가슴팍을 달랜다.

계곡에서 흐르는
물소리에 피어났을까
눈 속에 피어나야
제격인 노란 설연화
푸른 잎사귀가 꽃을 감싼다.

얼음 풀린 시냇가
녹아내린 햇살에
혹독한 추위를 기다리다가
붉게 물들어가는 매화 가지에
마디 옷고름을 살며시 풀어 젖힌다.

다시 오지 않는
삶의 주간들

낚시꾼과 시인

산수 좋은 바닷가에
가끔은 낚아 올린
하얀 금빛 물고기
낚시꾼은 세월을 낚고

바라보던 시인은
그 광경에 넋 놓아 몰입하다
시인은 건져 올린 광경을
하얀 여백에 널어 말린다.

잡어 속에
가끔 올라온 옥돔도 있어
도마 위에 송송 썰어
글라스에 술로 건배를 제의받고

낚아 올린
물고기 마중물 되어
건배 술에 찰나(刹那)의 취기 중
시인은 놓칠세라 시어(詩語)를 낚는다.

* 강진 베이스 볼 단지 바닷가에서

영일만 항구

검푸른 동해 바닷가
달려든 파도를 잠재우려고
바다를 가로지른 방파제
포항 앞바다를 가로막고 있다.

1970년 해병대
나의 해안방어 근무지
영일만의 모래 언덕 밭이 엔
파도만 드리운 바닷가 언덕
반세기 만에 찾아본 영일만 전경

해병대 해안방어 철책은
흘러간 옛 노래가 되었고
강산이 몇 번 바뀐 이곳에는
추억 속에서 헤매는 영일만 항구다

10월의 밤바다를 밝힌
오징어잡이는 변함이 없는데
거세게 불어대던 바닷바람은
모래와 싸운 눈물겨운 근무지다

지금은, 네 번 하고도
반 십 년을 넘겼으니
새로 만들어진 방파제는
집채 같은 파도를 잠재운다.
눈앞에는 낚시꾼 인파만 북적인다.

다시 오지 않는
삶의 구간들

한 많은 보릿고개

삘기 꽃 필 때면
생각나는 그 시절
등짐으로 나른 보리 발동기 탈곡에
깔끔 거리는 보리 탈곡 끝이 나면
지친 몸 고달파도 논밭으로 나간다.

높다란 논둑에
풀도 베고 논둑도 붙이며
펴지 못한 허리에도
모심기에 분주하고
하늘에 맡겨가며 손모 심든 그 시절

새참 때에
논두렁에 나오면 다리에는
피를 빠는
불룩한 거머리 떼어내며
막걸리 한 사발이 간식이 유일하고

허리 펼 틈이 없어도
무덥던 오~유월을
힘겹게 넘겨야 했던 날들
삘기 꽃에 흔들바람에 한을 삭히며
가난살이 허덕이는 고단했던 그 시절,

어버이 살아 실제
문명의 기계가 대신하지 못함은
지금처럼 편한 시절이
부모님 생각이 안타까움뿐
그 시절 넘어야 했던 한 많은 보릿고개

다시 오지 않는
삶의 구간들

정지(鄭地) 탑(塔)

격변기의 고려 말 장수
삼도 도절제사(都節制使)는
군민들이 쌓은 공덕이 커서
남해군 고현면 탑골로에
화자의 파조(派祖) 공적 탑이 세워졌다

가는 세월 아쉬워, 생전에
갑자년 정초에 뜻을 펴
그리던 소망으로 찾아보았다
장군의 기린 탑 의연하게 서 있고
의젓한 관음포 격전지 표상이 되었는가?

육백 년을 넘긴 넋두리
낮에 뜨는 희미한 달이 되어
잊혀 저가는 남해 군민들보다
후손들이 찾아 봐주기를 갈망을 한다.

남해군 고현면 관음포 바다에
바닷물 속 격랑의 파도 소리 들려와
변함없는 탑 앞에 술 한 잔 올리며
뿌듯한 심사에 잠기며 묵념을 하였다.

시월의 끝자락

계절이 쫓겨나는
10월의 끝자락에
붉은 잎 새 떨구어도
계절의 변화를 막지 못하고

해마다 불든
한랭한 고기압 전선은
찬바람을 몰고서 다시 찾았다.

가는 길 재촉하며
흔들어대는 찬바람에
지난여름 진한 초록색 잎사귀
술 취한 붉은 얼굴 떨어진 낙엽

제철을 알고는
떨어진 나뭇잎만큼
찬바람을 맨몸으로 맞을 때면
우리네 겨울 준비도 분주해진다.

나뭇잎은 은혜 갚 고
발가벗은 겨울나 목 춤을 추는데
사람들은 찬바람에 옷깃을 여미고
북서풍은 걸친 옷에 비 짚고 든다.

제목 : 시월의 끝자락
시낭송 : 최명자

스마트폰으로 QR 코드를 스캔하면
시낭송을 감상할 수 있습니다.

다시 오지 않는
삶의 구간들

동박새(白眼雀)

잎 떨군 나뭇가지는
찬바람과 씨름을 하고
황량한 벌판에 흰 눈 덮일 때
동백 잎에 햇빛 받아 짙은 푸른 잎

한 철을 버팀을 하다
추워져 붉게 토해낸 사랑
한겨울도 모질게 이겨내는
곱게도 피워낸 천관산 조 매화(鳥媒花)

추운 겨울이 되고 나니
벌 나비 떠난 자리 놀아나는
턱 밑 꼬리는 연노랑 꽃술 닮은
찬 겨울 피워낸 꽃에 밀회하는 동 박새

붉은 꽃이 유혹하니
꽃술에 슬쩍 훔쳐 부리를 넣고
노란 입술에 애교 담아 입맞춤하며
동백꽃 순정으로 사랑 찾는 인연이 되어

백안–작(白眼 雀) 날갯짓에

뚜~욱 뚝 떨어지는 꽃봉오리

찌~이 찌~이이 구애하고 날 의는 13월

동–박새 사랑 맺어 널브러진 붉은 카펫

* 백안–작(白眼 雀) : 동–박새의 다른 이름
* 조 매화(鳥 媒花) : 새무리에 꽃가루받이가 이루어지는 꽃

다시 오지 않는
삶의 구간들

후회의 뒤안길

겁 없이 살아온
이순을 일 년 남기고
내게 닥친 겁 없는 불운은
전기실 정전 때
변압기 이력만 보고 오려던 차
이만 이천 볼트의 감전 사고는

정전 앞에
갈등하는 관리자가 안타까워
안전 장구도 갖추지 못한 상황에
내가 닥칠 위험도 자천으로 베푼 온정
엔지니어로
살아온 외길 인생…
40여 년 만에 닥친 방심의 불행
의리가 낳은 동정은 나락에 떨어지고

수차례의

긴 수술 끝에

죽음의 문턱 앞에 부지한 생명은

8년 만에 절단 장애 3급 장애인

잃어버린 상흔(傷痕) 만큼

삶을 송두리째 바꿔 버렸다.

순탄하던

장구한 길마저 무너져

문인이란 길로 채찍질을 해보지만

고통으로 힘들 때면

어리석은 나에게 주어진

앞서가는 미련에 뒤따른 후회(後悔)

다시 오지 않는
삶의 구간들

억불산 등산

천근만근 기력에
헐떡이며 오르고
찬바람 속에 동반으로
남녘의 억불산 정상에 올라섰다.

북쪽 들녘에서
넘어오는 매서운 바람
몇 겹 걸친 등산복을 파고들어
머릿속 띵하게 현기증을 불러온다.

저 멀리
푸른 바다 등쌀에 메고
옅은 안개 스멀스멀 동행하며
우뚝 솟은 산허리를 감싸는 섬들

바둑판같은 들판 사이로
보리밭 연초록빛 펼쳐진 자태
거북이처럼 기어가는 자동차들
한동안 넋을 놓고 전경에 빠져든다.

지그재그 오르기 힘든

옛길은 흔적으로 남아있고

유행하는 덱(deck) 길도 깔렸다

갈지자로 시공된

3.4㎞ 목판 길 등산로

양지바른 능선에 해묵은 진달래꽃은

훈풍이 불어오면 축포를 준비 중이다.

격변기의 풍운아

광주광역시에는 경렬로(景烈路)가 있고, 공양왕 3년
하사 받은 북구 청옥동 초등학교 부근에는 정지(鄭地)
뜰이 있으며 무등산 자락 청옥동(망월동) 산 176번지
일만여 평에는 광주시 기념물 제2호 예장 석묘(禮葬石墓)에
장군의 묘소(墓所)와 그 아래 정부지원금으로 전라남도에서
건립(建立)한 장군의 지방문화재 196호 경렬사 사당이 있다.

1347년 나주시 문평면 죽곡에 인연을 맺은 장군을
해마다 그분이 운명하신 1391년 11월 19일(陽)날에는
광주광역시에서 주관하는 시장이 초헌관이 되고
최초의 수군(水軍) 창설자이자 근대 함대의 선구자로
뜻을 받들어 해군 군악대가 지휘하는 행진곡 아래
정지 장군 후예들이 참석하여 진행되는 재향 일이다.

해도 도원수에 3도 도 절제 체찰사 (都 節制 體察使)로
활약을 하시면서 최초의 수군(해군) 창설과
시조 전함(始造戰艦)을 만들어 최무선의 화통도감
(火㷁都監) 건의에 따라 북 노 남 왜(北奴 南倭)의 병란의
극성기에 화포를 만들어 세운 공(功)은 불과 47척의
폐선으로 120척의 왜선(倭船)을 소탕하셨다. 그분의 공은
고려 말의 3대 대첩의 하나인 관음포(觀音浦) 대첩이다.

고려의 멸망과 조선의 격변기에 포은(包銀)과 함께
얼룩진 중상모략에 편협하지 않고 광주로 낙향하시어
빛나야 할 업적은 구름에 가렸어도 훌륭한 업적은 훗날
한 점 부끄럼 없이 살았다는 누문동 72현에 포함되었고
그 무렵 충청, 전라도, 경상도 사람들이 뜻을 기린
경남 남해군 고현면 대사리 765-1(경남 문화재 42호)
경렬사 정지 탑(鄭地 塔)은 찬란한 우리 역사의 등불이다.

* 경렬로 : 광주시 서구 돌고개 (농성동)에서 신역 앞까지 도로.
* 3대 대첩 : 홍산대첩, 황산대첩, 정지 장군의 관음포 대첩이다
* 화자는 정지 장군의 19대손이며 시조로부터 28대손이다.

다시 오지 않는
삶의 구간들

인류의 교훈

형님들은
집이 싫어서도 아닌데
내 등을 토닥여 주시고
객지로 떠나셨다. 그럴 때마다
어머니는 치마폭으로 가려주셨다.

철이 들기 전에는 몰랐다
형들이 아버지를
어려워하며 대하는 것을
누대(累代) 없는 땅을 일구시느라
형님들에게도 놀게 하지를 않으셨다.

아버지의 고단한 하루
자식들이 떠나고 없어서일까?
피곤한 하루를
북을 치시고 한잔 술로 달래셨다.

아버지의 사랑방에는

늘, 자애로운

손님이 끌이지 않으셨다.

그때마다 꿇어앉게 하시고

손님 앞에서 인사를 가르치셨다

꿇은 무릎이 힘든 시간

어떤 손님 한 분이 말씀하셨다

유교가 정한 인륜의 길에는

오상(五常)의 덕목 있는 것이라고.

* 오상(五常) : 仁, 義, 禮, 智, 信

다시 오지 않는
삶의 구간들

앉아 보는 설경(雪景)

산야를
덮쳐버린 눈이 내린다.
산과 들이 온통 하얗다
겨울의 정취를 마음껏 토해낸다.

건물의 지붕에도
두툼한 옷을 입었다
차도(車道) 마저 하얀 나라다
좁다랗게 회색빛에 길이 된 나들목

눈을 가득하고
지쳐있는 노송(老松) 나무도
강릉 앞바다 전경(前景)도 가관이다.
선박들도 눈옷 입고 갈팡질팡 허둥댄다.

푸른색 바다는
하얀 눈이 그리운지
파도는 밀려왔다 흰 눈 훔치고
조용히 구르며 밀치고 떠내려간다.

까만 두 줄 위로
미끄러져 가는 열차
그 속에 승객들은 탄성만 지른다.
철길을 따라가는 설경(雪景)은 진풍경이다

가을의 소식

귀 창 뚫는 매미 소리가
새벽잠을 설치게 하는 더위에
그들도 무더위가 풀리니
늦잠을 자는 아침
방충 창문으로 드는 바람 시원하다

시끄럽게 떠들던 잡새들도
그들도 이제는 지쳤나 보다
밤에 화두를 긷다 먼동이 튼 새벽
그토록 설치게 하던 무더위도
바람에 등 떠밀려 적막함이 감돈다.

새벽까지 윙윙대던
아파트 창틀에 에어컨 소리도
열린 창문 사이로도
적적함이 감도는 도심의 아침
된더위가 물러가니 부활하는 아침이다

계절은
한순간을 버티고 나서야
제자리로 돌아가며 반기는 소식
그토록 설치고 불편하든 무더위도
가을 소식 전해주는 매미 울음의 일탈(逸脫)

다시 오지 않은
삶의 주간들

영암 가는 길

혁신도시 앞을 지나
사방으로 연결된 영암 가는 길
길가에 전신주가
끝없이 보초를 서고
중앙분리대가 있는 포장된 길이다.

수많은 차량이
질주하는 이곳에는
다른 도로와 크게 다를 바 없지만
자동차 전용도가 있는가 하면
월출산 809m 기암 고봉이 맞이하는 곳

얼마 전에야 알게 된 이 길에는
일부는 국도 1호선도 끼어 있고
꽃이 피는 봄날에
벗나무 이팝나무가 줄을 서 있어
푸른 가로수가 지루함을 달래고 있다.

타이어가

지문을 길게 내린 곳에는

무서움을 옭아매는 타이어 자국

마음이 섬뜩하여

조심 운전도 하지만

가장 운전하기 좋아서 애용하고

이 길을 지나는 길옆

선영에는 나의 십사 세조

이하 조상님이 잠들어 있고

이순이 되어서야

부모님 뜻을 헤아린

정든 부모님이 잠들어 계신 곳이다.

살아간다는 것은

파도가 밀려오고
파도가 밀려가면서
새로운 해안선을 만들 듯이
그렇게 살아가는 것이다

때로는
비바람이 몰아치고
파도에 백사장이 허물어져 가도
그렇게 바닷물이 덮쳐 지나가면
다시금 바다는 잔잔해지듯

그렇게
삶은 살아가는 것이다
허구한 날
잠잠할 수 없이 살아간다면
누구도 삶을 영위하기 힘들 것이다

변할 수 있음이 있기에
파도가 지난 자국
새롭게 만들어진 해안 모래톱처럼
날마다 조금씩 변하며 살아가는 것이리라

제목 : 살아간다는 것은
시낭송 : 박영애
스마트폰으로 QR 코드를 스캔하면
시낭송을 감상할 수 있습니다.

메타세쿼이아 걷는 길

무더위가 옷을 벗으려던
추분이 지난 휴일 오후
퇴색되지 않은 한 시절 흔적
내자와 여유롭게 함께 걷던 길
둥글지 않은 올곧은 가로수길

그늘을 내주며 줄지어 선
거리에는 수많은 젊은이 틈에
더위를 식히려 함께 걷던 길
걸으며 말 없는 사랑을 받고 있다.

우리를 지켜보는
망각의 마음마저 곧게 만들고
올곧은 하늘 사이 침묵의 공간
남은 생 청춘처럼 곧게 살자며
의지 굳은 메타세쿼이아 함께 걷는 길

다시 오지 않는
삶의 구간들

여명(黎明)의 봄비

여명이 길을 여는 새벽
망설이다 우산을 챙겨 밖을 나간다.
촉촉이 젖은 대지에 노크하며
살포시 내린 비에 회색 구름 운무 한다.

팔 벌리고
줄 서 있는 벗나무 사이로
멧새가 날며 인사하고 떠난다.
방울방울 맺힌 봄을 붙들어 놓고서
갈증이 풀릴 때까지 놀고 가란다.

입춘이 지났으니
갈증이 드나 보다.
목마른 나무들이 눈치를 채면
머물다 튕겨 나는 낙수 지는 방울에
꽃망울은 미소 짓다 입술 터-질라!

새-색시 수줍은 양
붉은 입술 보일 듯
보슬비 찬미(讚美) 하는 임의 손짓에
산다(山茶) 화(花)
시샘하며 터지는 붉은 꽃망울은
옥구슬 구르는 듯 여명의 봄비

* 산다화(山茶 花) : 동백나무의 꽃

106

강천산 병풍 폭포

첫인상이 풍치 좋은
강천산 계곡의 골짜기가 반긴다.
둘째 다리 건너려는 곳에
인물 자랑하는 폭포수의 전경

하얗게 부서지며
낙수(落水) 하는 병풍폭포
오는 손님 요염을 부리는
양지쪽 폭포에 무지개다리 놓고

계곡 따라 흐르는
크고 작은 폭포지만
장관이라며 소리 지르니
이곳 폭포는 약과라며
지나가는 등산객이 하는 말에

120m 구장군 폭포도 있다 하니
보래 이~
강천산 관광지 잘 왔지~애
내가 뭐라 카드~노
하며 들뜨는 여행객 소리에
폭포수 휘날리며 요동치며 떨어진다.

다시 오지 않는
삶의 주간들

전나무와 사부곡

아버지!
올해도 상달이 되어
해군 수장 정지 장군 선조의
628주기 망월동 정지 사당에서
후손들과 해군 대령이 참석하여
광주광역시가 주관으로 있었습니다.

40여 년 전 저와 함께
아버지께서 허허한 사당 내에
고향 집에서 이곳 망월동까지
화물차에 퇴비까지 포대에 담아
이곳 사당 담장 아래 植樹를 하셨지요?

누구 못지않게
애족을 손수 실천하시고 가르치심에
내 나이 이순이 되어 파(派) 문 회장으로
하동(河東)에 시조 제향(始祖 祭享)에도 참석하며
망월동 행사가 있을 때마다 생각합니다.

아버지!
함께하지 못한 장형님 건강이 문제
조상 없는 후손 없다는 가르침과
정지(鄭地) 장군님 제향 때에
곧게 자란 전나무 속에 웃고 계신 아버지

108

설원의 아침

소리 없이 찾아온 손님
새벽닭 우는 청명한 시간
면사포 뒤집어쓴 나무가 외로운지
소복하게 쌓인 눈은 여명을 재촉한다.

짓눌린 무게에 처진 가지도
묵은 옷 벗은 지 엊그제인데
그토록 닦달하는 초겨울 바람도
그도 온정은 있나 봅니다.

엊그제 벗어버린 나뭇가지에도
두툼한 솜옷을 걸쳐 입은 새벽
행여나 날아갈까?
조심하는 바람도
가볍게 스쳐 가는 새벽 창가에

밤새도록 걸쳐 입은 소복단장이
무게 실린 모습이 내 모습 같아
벗길세라 조심하는 새벽 찬바람
골 깊은 주름살이 한숨을 짓고

살포시 입맞춤하는
백설의 설원(雪原) 속으로
나를 삼켜버린 창밖에 시선은
하얗게 마음을 비운 설원의 아침이다.

제4부 덧없는 세월

짓궂은 날은

어제를 탓하지 않고

풍요한 오늘을 탐하지 않기에

삼백예순 날 하늘에 구름 가듯

세월의 성찰

단풍잎 물들어
추락하는 변화의 끝
달랑 한 장남은 달력마저
쓸쓸함이 더해 놓은 시절

속절없이
살아온 세월에
못다 이룬 꿈이 있어
아쉬움은 끝이 없어라

무술년 초입
펼쳐진 새해 첫날에
기억을 늘어놓은 나루터에
꿈과 희망은 기억조차 희미하고

세월이 가고
결실을 본 것은
그렇게 쉽게 되지 않았음은
꿈을 다한 성찰(省察)에
차선(次善)을 염원하는 보람인 것을

다시 오지 않는
삶의 순간들

늦깎이 시인

굴곡진
여정 속에는
짓눌린 그 세월 속에
변화의 무게에 짓눌린 삶이어라

여정(旅程)은 세월 속에
외로움은 부정의 간극(間隙)과
부디 친 개인의 불운이라면

고독은
긍정의 무게에 눌려
지극히 정상적인 감정에 놓고

그 또한
굴곡진 삶을 영위하며
그렇게 살아왔던 삶이더라.

겉으로는
바르고 충실하지만
그 속에 녹아있는 고뇌는
도무지 종잡기 힘든 업보이기에

일제강점기 후의 몰락된 삶과
아날로그 일차 산업을 시작으로
디지털 4차 산업 시대까지 살아오면서

고희(古稀)에
접어든 인생 여정
그런 삶은 굴곡진 역경에도
꿈 늦은 출발선에서 발버둥 친다.

다시 오지 않는
삶의 구간들

덧없는 세월

어제의
세찬 바람이
온갖 사물을 흔들고
짙게 낀 회색 구름은
비바람에
내몰리며 갈구하던 날

오늘의
청명한 하늘 아래
고요가 적막을 흔드는 아침
새소리 까치 소리
아침을 열며 합창한다.

자연은 변덕일 뿐
대수롭지 않게
언제 그랬냐는 듯
변화된 어제와 오늘의 시간

짓궂은 날은

어제를 탓하지 않고

풍요한 오늘을 탐하지 않기에

삼백예순 날 하늘에 구름 가듯

청춘은 조로(朝露)하고

오늘의 세월은 백대(百代) 과객이어라.

제목 : 덧없는 세월
시낭송 : 박태임
스마트폰으로 QR 코드를 스캔하면
시낭송을 감상할 수 있습니다.

* 百代 過客 : 돌아오지 않는 세월

다시 오지 않는
삶의 구간들

멍석에 넋두리

둘둘 말려진 채
처마 밑에 지게 위에
한쪽에서 버림받은 아버님 넋은
그 시절 탐스러운
곡식의 요람이 되었고
햇빛을 감싸 안은
오곡의 소요(所要)가 되기도 했다

콩이랑, 팥이랑 조며, 수수도
할 것 없이 모두가
놀다가는 터전이 되기도 하고
여름날 밤이면
모깃불 연기를 흠뻑 뒤집어쓰며
마당에 보금자리가 되어주고
은빛 쏟아지는 밤하늘 아래
저녁이면 온 가족의 보금자리가 되었다

아버지의
손때 묻은 보물의 넋은
세련된 세월에 제물이 되어
비바람 치는 처마 밑에 쥐들의 안식처
몇 차례의 봄이 오고
오곡이 익어가도
햇빛을 보지 못한 아버님 신세
손때 묻은 기억만이 잠들어 있다.

제목 : 멍석에 넋두리
시낭송 : 박영애
스마트폰으로 QR 코드를 스캔하면
시낭송을 감상할 수 있습니다.

그곳을 지날 때면

무명 목도리 둘러쓰고
어린 아는 빠끔히 눈만 내밀고
아버지를 따라가던 때
눈 폭풍이 앞을 가리고 입김에 고드름 서린
푹푹 발이 빠지는 들판에 눈길을 걸어서
할아버지 제삿날에 찾든 영산 마을 신기 촌

지금은 나주에 혁신도시 앞
국도 1호선을 가다 보면 평산교가 있는 곳
기억에 확연한 것은 유심히 살펴야 보이는
십 년이면 강산도 여섯 번이나 변한 시절
평산동에 효자동 열려 각이 그 옛날을 말한다.

그때도 고인이 되신 큰아버지 댁
외동아들은 6.25에 전몰자가 되시어
아들과 남편을 잃은 설움에
지친 큰어머니 주름진 눈망울
4녀의 딸들은 시집가고
오직 우리를 기다리신 큰어머니
오십여 년이 흘렀어도 불현듯 서린 기억이어라

지금은 모두가 떠나고
그곳을 찾든 기억은 희미하지만
새로 뚫린 국도변을 자동차로 지나칠 때면
잊을 수 없는 그 옛날 눈보라가 치던 겨울을
안개 낀 추억을 삼켜버린 할아버지 제삿날

117

다시 오지 않는
삶의 구간들

영산강은 말한다.

황룡강, 극락강
지석강이 합류하여
광탄 강(光灘江)에 흘러들어
나주시의 동쪽을 가로지른다.

남포 강(南浦江) 흐름 따라
동강면에 이어지는
사호 강(沙湖江)에 흘러
심하게 곡류(曲流)하여 흐르는 곡 강
이들을 이름하여
부른 영산강(榮山江) 뱃길

천년 고도의
역사가 흐르는 듯
세월 따라
막힌 물길 담수 하는 곳에
2010년에 만든 승촌보. 죽산보는
도도히 흐르는
물줄기를 막아두고
드넓은 나주평야 들녘을 적신다.

위용에 찬 혁신 도시는

변모한 세상, 천 년 목사 골

그 옛날 동구 나루는 변화가 되어

영산 나루 황포돛배 옛 강 복원 꿈틀대고

영산강은 말한다. 정사丁巳년 막배가 떠난 뒤로.

* 재광 나주향우회 "영산강 10호" 50주년 특집에 실린 글

다시 오지 않는
삶의 구간들

뒤척이던 밤

하루가 지친 나는
대체로 일찍 잠자리에 든 편이다.
거실에서 건강 Navel 기(機)에
불편을 의지한 내자를 두고 말이다.

삼경을 지나고
잠에서 깨어난 시간
언제 들어왔는지 한편에 누워있다.
환갑이 가까워져
고단함에 코 고는 소리 애처롭고
측은하고 처연(凄然) 한 생각만 든다.

열아홉 처녀의 어린 나이에
40년을 넘게 함께한 아내라는 호칭
유년 시절은
철이 든 연인(戀人)이었고
중년의 나이에 생활 전선의 동반자였다
말년의 내 삶에 간호사가 되어준 사람.

로맨스(romance)의

리스(RISS) 일까?

나는 평소

사랑의 표현을 못 하는 편이다.

언제부터인지 중간에 가로놓인 잠자리 베개

내자가 건강해야

집안이 평안인 것을 알지만,

대신해줄 수 없는 속마음 아리다

못다 해준 사랑에 뒤척이며 삼경을 지새운 밤

다시 오지 않는
삶의 구간들

다시 뒤돌아본 눈물

눈보라가
휘날리는, 바람 찬 흥남 부두에
목을 놓아 불러 봤다. 찾아를 봤다.
'박시춘 작곡' 현인 원곡
'그 시절 그 노래'를 곱씹게 하고

1950년대 이후 암울함이
피눈물 맺히는 굴곡의 역사
내게는, 1970년 청룡부대 파월로
부산항 제3 부두 파월함 갑판 위에서

그 시절,
유행하던 조용필 노래
'돌아와요. 부산항' 노랫소리가
귀국선 뱃머리를 그립게 하고
귓전을 맴돌게 하던 그때 생각
뱃고동 소리에, 사나이 가슴에 눈물이 흘러

지나간 질곡의 세월

아픔과 슬픔이 뒤엉켜 오며

또다시 되돌리면 가슴을 메인다.

격변의 시대의 아픔을 담아놓은

애절한 향수의 감동을 불러오는 그 시절

흥행의 영화 '국제시장'은

가슴 아픈 유행가가 뇌리를 스치는

돌아본 역사가 또다시 눈물을 흘리게 한다.

다시 오지 않는
삶의 구간들

도심 공가(空家)

붉은색
기왓장은 나들이 갔나.
떠난 자리 속살이 휑 하고
콘크리트 앙상한 담벼락에
아슬아슬하게 걸쳐 훤히 보인다.

앞마당에는
키 큰 감나무 수문장 되고
그래도. 하얀 접시꽃 몇 그루가
공가(空家)의 안내인처럼
층층이 피워있는 환한 웃음꽃

갑자기 시원하게
부는 여름 바람에
요리조리 고개를 흔든다.
마치! 지켜보는 나에게
주인이 없다는 듯 흔들어댄다.

바람난 기왓장을 탓하며.

들친 흙이

그제 내린 소낙비에

흘러내린 붉은 흙탕물은

볼품없는 집 벽엔 벽화만 그려졌다.

집주인은

어디로 떠나가고

허황한 껍질만 내버려둘까.

기왓장 몇 장만 올려놓으면

안타깝게 무너지는 참변은 잊어갈 공가

제목 : 도심 공가(空家)
시낭송 : 박태임
스마트폰으로 QR 코드를 스캔하면
시낭송을 감상할 수 있습니다.

다시 오지 않는
삶의 주간들

지구촌의 온난화

경자년(庚子年)
입춘(立春)을 이틀 앞두고
해마다 온 가족이
한자리 모이는 부모님 제삿날

22년 전 돌아가신 어머님
발인하던 정월 열하룻날까지
광주에는 참으로 많은 눈이 내렸고
영정사진 모시고 고향 산천 가신 날에

빙판이 된 자동차 길
광주를 벗어나 송암동을 지날 무렵
구천으로 가시기가 싫어서일까
가던 자동차 180도 방향 돌린다.

해마다 기일(忌日) 날이면
눈이 내리거나 춥지 않은 날
찾아보기가 어려웠는데
경자년의 기일은 화신 풍이 살랑인다.

지구의 온난화는
결코 우리나라만의 일이 아니다.
오랫동안 쌓인 알프스의 빙하(氷河)
서서히 녹아내린 눈사태는 말한다
네팔에서 우리나라 등산객이 파묻힌 소식

주목 나무

덕유산 천지 봉에 오르니
한 점 부끄럼 없이
억겁의 세월을 보내는
사슴뿔 같은 우듬지 말없이 서 있다.

수백 년 푸른 잎이
제 몸을 다 바치고
희생한 세월의 무상함이
소리 없이 남은 앙상한 뼈대

하늘을 우러러봐
주목 나무의 서 있는 장관
앙상하게 뻗은 단단한 손
고적(古跡)한 세월을 안고 서 있다

푸른 꿈도 지쳐서
고난의 세월을 보낸 흔적
위풍당당 서 있는 하늘의 높이
모습이 순록(馴鹿)의 뿔이 되었다

주목의 곧은 꿈
지상에서 천상으로
깊은 꿈에 말없이 서 있는
아름다워라. 수천 년의 그 자태

다시 오지 않는
삶의 순간들

고달픈 보릿고개

삘기 꽃 필 무렵이면
문득 생각이 떠오른다
등짐으로 짊 나른 보리 다발
발동기 탈곡에 보리 탈곡 끝이 나면
지친 몸 고달파도 논밭으로 나간다.

허리 펼 틈이 없어도
무덥던 오~유월을
힘겹게 넘겨야 했던 날들
삘기 뽑아 배고픔 달래고 한을 삭히며
가난살이 허덕이는 고단했던 그 시절,

높다란 논둑에 자란 잡초
낫으로 풀도 베고 논둑도 붙이며
허리 한번 펴보지 못하고
모심기에 분주하고 등짐으로
모심는데 대주기 벅찬 날라 온 모 다발

새참 때에

논두렁에 나오면 다리에는

검게 피를 빨아먹든

불룩한 거머리 떼어내며

막걸리 한 사발에 보리 개떡이 새참이다.

어버이 살아 실제

문명의 기계가 대신하지 못함은

오늘날처럼 편한 시절에

부모님 생각이 안타까움만 서리고

그 시절 넘겨야 했던 한 많은 보릿고개

다시 오지 않는
삶의 구간들

고희를 보내고서

이렇게
누구나 살아가는 것인지

힘들고 어렵고
모질게 살아온 길
고갯길 달려오는 동안
그런대로 뿌듯하고
인연은 고맙기만 하드라.

언제나 자신에게
아부하고 살아온
알아주지 않은 세월
나만의 심장을 토해낸
수치스러울 때도 있었고

한 시절 품은 흔적
거역할 수 없음인데
앙금처럼 얼룩진 이순(耳順) 앞에
유영(遊泳)의 삶이었다고 하리라

약으로 살아온 이순의 세월
꿀꺽 삼키는 속울음을
자책하기도 하면서
사경에서 살아남았다 함은
누구나 믿기지 않은 거짓말만 같더라.

갈망의 세월(歲月)

우리 집 아파트 안방
화장실 내부 벽에 붙어 있는
넓죽한 거울에 사내는 가끔
얼굴을 바짝 대고 중얼거린다.

자아를
한탄하며 응시하면서
하얗게 삐쳐 나온 모발에
젊음의 옵서버에 걸려있는 갈망의 빛깔에 끝내는
하얀 가녀림에 갈망과 힘겨루기를 하다가
족집게를 동원하고서 몇 번이나 낚아채 보지만,
실랑이만 거듭하다, 이내 지쳐서
그리고는 잠시….
늙어가는 인생과의 실루엣에 걸려 있다

겉으로 내비치는
부풀 같은 세월의 흔적
거울 속에 비추어진
내면에 세월을 갈망하면서
젖은 사랑 한탄(恨歎)하며
늙어가는 속마음을 탄식한다.

다시 오지 않는
삶의 구간들

망월동의 소망

폭풍에 멍든 상처와
치유되지 않은 아픔도
그때의 비통(悲痛)한
마음이 언제부터였는지
에둘러 그날을 상기한다.

잔디는
무성하게 자랐지만
민주화의 회오리
비바람에 내몰린 슬픔이여

사십 개년
성상의 세월에도
그치지 않은 먹구름의 그늘
흐르는 눈물 속에서도
따스한 봄바람이 서성인다.

하루아침에
짓눌리고 할퀴어진
상처가 아물 수는 없지만
폐부에 응어리진 피고름이
불혹의 세월쯤에는
밝혀달라는 통한(痛恨)의 기도

제목 : 망월동의 소망
시낭송 : 박영애

스마트폰으로 QR 코드를 스캔하면
시낭송을 감상할 수 있습니다.

132

미륵 불상

전라남도 나주시 봉황면
철천리 산 124-2번지 미륵산 등에
지난 세월 장구한 발길에 역사의
뜻을 새긴 불상(佛像)이 서 있다

때를 알아
부는 바람 핥으며
솔향을 감싸 안은 미륵불에
빛바랜 세월을 감싸 안은 미륵사
초등학교 시절 소풍 갔던 불교 사적지

천상을 지키는
한 많은 틈새에도
미륵불상 보물 제462호와
칠선녀의 꿈을 안은
마이애미 칠 불상 보물 제461호다

고려 초(初)로
추정하는 그 불상은
요지부동 세월에도
넋 나간 듯 심부(深部)의 불상
마한 땅의 오랜 역사를 밝히고 있다.

다시 오지 않는
삶의 구간들

애중(愛重)의 동반자

홀쭉한 몸매에 긴 머리 날리며
내 마음 사로잡은 연정(戀情)은
짚세기도 제-짝인 양
낯설은 내 고향을 찾아든 그 여인

백합꽃 같은 향기는
은은하게 피어나는 야생화처럼
양장점 재단사로 찾아든 여인
아름다운 그녀는 내 이상형의 소녀

한여름 밤 새털구름
달빛을 방해를 해도 소박한 인품은
내 마음 끌어내는 아름다운 그 여인
나 하나 믿고 살며 온갖 역경 이겨낸 사람

곱게도 머물러준 꽃
한뉘 속 깊은 그 여인과의 인연은
홍옥 혼식(紅玉婚式)도 지나고
45년여 고락을 같이해온 나의 반려자(伴侶者)

뜻하지 않은 환갑에 사고로
사경 속에서 나를 살려낸 사람
영원까지 붙들고 사랑해 줄 구세주
그 여인은 인연이 되어준 사랑의 동반자(同伴者)

제목 : 애중의 동반자
시낭송 : 박영애
스마트폰으로 QR 코드를 스캔하
시낭송을 감상할 수 있습니다.

134

천사의 시련

간호사는
나의 팔에 환자복을 걷어 올린다
압력을 가해 주는 노랑 고무줄
굽혀진 팔, 주먹을 불끈 쥐라며
혈관을 더듬어 주삿바늘을 찌른다.

따끔하며 온몸이 오싹하는데
찌른 바늘 끝이 혈관을 더듬는다.
죄송해요. 또 다른 곳을 두들기고
빼낸 주삿바늘이 다른 곳을 응수한다.
반복된 주사 놓기에
간호사의 어두워진 얼굴 진땀을 뺀다.

간호사는 볼까지 빨개지며
고달픈 사고를 더듬고 있다
조금 쉬었다 다시 올게요
다른 간호사가 와서는, 번복만 한다.
핏줄을 꽂는 곳이 열 번이 넘었다.

다섯 번째 간호사가 온다.
열세 번만의, 환자는 고통이다.
"선임(先任)인가" 한 번에 성공이다.
삼 일이면 옮겨 꽂는 혈관주사
애면글면 간호 천사 애처롭기 그지없다.

135

대설(大雪)

큰 눈이 내린다는 것인지
많은 눈이 내린다는 것인지
스물한 번째 절기인 대설이란다.

내가 사는 남쪽 지방에도
대설이 찾아오나 보다.
매달린 붉은 감이 열린 자리에
요란 떠는 새들이 그 자리에 매달렸다.

찬바람 불고 몸이 움츠러드니
김이 모락모락 피어오르는
호떡집이 그립고
손수레 위에 드럼통에서
구워내는 입맛 당기는 군고구마
겨울철의 밤길을 붙잡아놓는다.

두툼한 점퍼가
움츠러든 육신에 차가운 절기
거실에 걸린 온도계의 수은주가
키 작은 모습으로 내려앉아
많은 눈이 내리기를 대설 날은 기도한다.

질곡의 화신

너는 꽃을 피우기 위한
봄을 기다리는 미물
만인의 사랑을 받고 자라는
자연의 계절을 껴안고 가는 초봄

개구리의 뜀박질에
늦잠 든 나목도
봄바람에 화들짝 깨어나고
순리로 피어난 꽃소식인데

어느 여름날에
우박이 내리듯
절기를 짓뭉갠 계절은
초봄 내린 눈이 몰고 온 추위에

아! 안타까워라.
남녘에 피어난 꽃소식은
그 무지에 짓눌린 추위에
안타까운 화신(花信)은 멈칫거린다.

다시 오지 않는
삶의 구간들

황혼의 길목에서

서걱대는 속울음
시린 가슴 한 세월
머리카락은 희끗희끗
세월을 감추려고 염색을 해도
자꾸만 아픈 곳이 늘어나는
종합병원이 낯설지 않는구나.

아들딸은 결혼하여
엄마 아빠가 되어
우리 곁을 맴돌지만
나도 모르게 손자 사랑에
영원한 새 질서에 물들며 살아간다.

백 년을
기약했던 사랑은
장고한 사십사 년을 지내고 보니
모질게 물들어 가는 세월이더라.
까슬한 턱수염이 회피한 빙벽 같아
껍질 같은 생의 질곡 기를까도 했는데

문득.

노년을 보내고 있음은

암울했던 세월이

시린 가슴에 뭉쳐있지만

이끼 서린 세월에 영역

깜깜이로 염색한 머릿결로

황혼의 생채기 묻고 살면 될 것을

제목 : 황혼의 길목에서
시낭송 : 김지원
스마트폰으로 QR 코드를 스캔하면
시낭송을 감상할 수 있습니다.

다시 오지 않는
삶의 주간들

우정의 소회

어렵게 알아 걸었던 전화
15년여 만에 들은 친구의 음성
오랜만인데! 반갑다
상대방의 전화기의 혼잡한 잡음
친구야!
무슨 말부터 해야 할까?
근처가 산만하니 다음에 전화할게.

이튿날이 되어서야
걸려온 전화
사정상 전화기가 바뀌면서
나의 전화번호를 잊었다는
40년 지기 절친했던 우정의 아띠

난마처럼 살기를 소망했고
회오리바람에 헤어진 친구
가까이 자주 만나기를 바란 친구
떨어져 잊고 살아야 함이 너무 아프다.
술잔 속에 그리움처럼 쌓인 우정은

취하지도 않았는데

술을 마시지도 않았는데

눈가에 이슬은 왜 맺히는 걸까?

언젠가 만나리라고 기다리던 친구

사람의 마음이 같을 수는 없겠지만

이해와 용서를 비는 지난 우정의 소회(素懷)

* 소회(素懷) : 평소에 마음속에 품고 있는 회
* 심회(心懷) : 마음속의 회포
* 아띠 : 오랜 친구

다시 오지 않는
삶의 구간들

인생 새옹지마

학교에서 글을 배우고
성인이 되면서 모든 생명체와 공생을
국방의무를 위해
파월도 하여 결국, 후송되었지만
일거수일투족에 가장 심혈을 다한 삶

살아있는 생명체를 잡는 사냥과
취미라며 즐기는 낚시 놀이에
유년 시절
공학도로 부(富)를 이루었지만
이만 이천 볼트 감전의 희생물이 되었다.

농사를 짓고, 일상의 전기를 다루고,
나의 육신을
대표 역할을 한 너는
너는 하루아침 대가를 치른 것은
그동안의 보람은 건강한 삶이었지만
순간에 돌이킬 수 없는 후회를 앉았다

오장육부에

양다리와 왼팔만 성한 채

오른팔을 잘려 내야 하는 처절한 속내

미안하다는 말은 진통제가 되지 않았다.

오른손이 하는 일 왼손이 대신할 수 없어

부모님이

만들어준 생명체를

한목숨 다 할 때까지 지키지 못하고

숙명이라는 단어로 자신을 위로하며

환갑이 넘은 노년에 날개 꺾인 새가 되었지만

새옹지마(塞翁之馬)의 의지로 자신을 위로한다.

다시 오지 않는
삶의 구간들

다시 오지 않는 삶의 구간들

정찬열 제2시집

2020년 5월 6일 초판 1쇄
2020년 5월 11일 발행
지 은 이 : 정찬열
펴 낸 이 : 김락호
디자인 편집 : 이은희
기 획 : 시사랑음악사랑
연 락 처 : 1899-1341
홈페이지 주소 : www.poemmusic.net
E-Mail : poemarts@hanmail.net

정가 : 10,000원
ISBN : 979-11-6284-204-1